父偲ぶ

松田都青遺句集

松田未央 編

東京四季出版

祝句

影慕ひ花編む日々の花の詩

鈴鹿呂仁

目次

装丁
shiki room

父偲ぶ

ちちしのぶ

春立つ

初みくじいつも凶にて恙なし

天命に逆らふ医はせず冬の雨

食べ頃の湯豆腐ほどの男かな

青春の過ぐれば余生冬薔薇

寝ぬるまで動く母の手春支度

春立つや無償の勇気を愛と知り

たまゆらの恋はさらりと良寛忌

成りたくて成りし医でなし鶯餅

囀るやまるたけえびすに京鹿子

花言葉持たない花を蝶が好き

みづからは気付かぬ医臭春の闇

水菜煮て身内に苦労と出る八卦

脳と言ふ未知の国あり鳥帰る

憎むより許すが気楽春の雪

身に合はぬ靴を引つ張る春の泥

修二会あと仏の歩く音がする

急患の夜討ちの如く来し朧

春愁のどこを切つても句が生まれ

流氷の隙間流氷埋め尽くす

頭巾捨て余生の人になりきれず

白酒や十より先なき数へ唄

ロボットに嬉しき停電四月馬鹿

やらはかき午前零時の花粉症

花疲れ小指は他指の意に添ひて

火遊びに焦げし過去あり花衣

自由とは自縛のありて残り鴨

診済めば雅号で暮す花のころ

帯締めて妻が女となる花一夜

百靴に一下駄のあり花の寺

抱卵の羽ふくらませ寝し朧

完璧は退屈なりし花万朶
医と僧が花を語りて死に触れず

晩年の敵が待つてる花の冷

花のあと笑ひ疲れの山に雨

痴る母の頭の中は花吹雪

花散るや地に着くまでは夢の中

急患と知らされてより花疲れ
昏れ彩のさくら浄土に君を待つ

歴史には白き闇あり春の雷

玉杯に映す春夜の飾り髪

日を決めに閻魔の使者の来る花夜

蓮如忌や慈眼おのづと伏し目にて

たつた今洗ひし貌の山桜
落花にて身の埋まるまで樹下に寝ん

山笑ふ百名山の選に洩れ

先頭もしんがりもなく蓮如の忌

信心は母の形見や法然忌

花の世を曲りきれずに老迎ふ

あなたとの距離が気になるかき氷

無数とは零にあらずや隠元忌

丁寧に言葉を洗ふ多佳子の忌

妻よりも字画涼しき夫でゐる

神様のそばで人恋ふ螢の夜

青時雨生涯小石のままでいい

ゆとりとは川底歩く山椒魚

麦酒飲み危険水位で生きてゐる

嫌なこと妻に言はせて心太

巣立

春眠に覚めて百年過ぎてゐし
陽炎になつてしまつた過去捜す

難民にもつとも遠い花の国

刃こぼれの一つとて無し花洛の忌

巣立鳥人との距離を教へられ

言葉尻とらへ離さぬ鉄線花

宿題の浴衣縫ふ娘に夜雨止まず

ヘップバーンの髪型にして単衣なる

褒め殺す相手がゐない夏木立

お使ひの帰りの白蛇と出会ひけり

灯を消して螢の国へ帰りゆく

梅雨に入る書架に溢れし句集積み

梅雨はげし病気してより真人間

父の日の飾らぬ父と死を論ず

うしろ向きに夏を見てゐる忠魂碑

パウロ祭天地無用の荷が届き

落日を茅の輪に入れて尊王派

誰よりもおのれは見えず水中花

夏帽にうす塩ほどの耳飾り

神兵となりたる兄の夏帽子

うすものを着てスランプを取り替へる

水着着て火のつきさうな女かな

風止みし胸の砂漠が夕焼ける
夕焼けの中で焼けさうう牛の列

紙魚走る幸運ばかりの立志伝

炎天にうらおもてなく象立てり

わが影と向き合ふ墓の油照り

海の日の海の画鋲に鳥が浮く

陰陽の解らぬままの心太

温顔になれぬひと日の冷し酒

歯ぎしりのやうに終りぬ蟇の恋

泥鰌売りを突つかけ下駄で追ふ真昼

不時着のやうな出会ひや夏帽子

荷物なき貨車を手で押す終戦日

不知火の一つたしかに父明かり

来なくてもよい人が来る今年酒

秋日和

長生きに禁の字多し七日粥

シャボン玉人間臭く舞ひ上る

ジューシーな言葉待ってる春帽子

春愁やだんだん私が重くなる

翳隠し女人高野の花が散る
野に遊ぶ歌に翼を付けるべく

しんがりはベテランの位置山登る

漏水を猫が舐めゐる原爆忌

虫浄土跳ぶも跳ばぬも夕待てり

露けしや石より硬き言葉とも

子育ては諦めず緩めず蕎麦の花

酔芙蓉人哭かす句を授かりて

合唱の端から暮れて秋初め

わが妻の重力圏にゐる残暑

伴走の人がいつしか消えて秋

花売りの声過ぎてより秋匂ふ

名山に入らぬ山の粧へる

人情と云ふ酢が効いて鏡花の忌

秋麗や医師の莨を患叱る

捨て石となる気ぐらつく秋日和

コスモスにそつとささやく出番です
姫様と呼ばれし人とゐる良夜

居待して月を母郷の空に置く

最終の極楽行バス待てば秋

流星や万年解けぬ方程式

不作田に鴉群れゐて落着かず

雁の棹折れねば月を串刺しに
背負ふ児は鳶にてよし夜なべ妻

古酒酌むや食べ放題の愛が欲し

登高や琵琶の形に湖開け

晩秋や十羽折つても千羽鶴

夢殿の夢は月色雁渡る

膝抱くは妻待つかたち十三夜

うしろ姿ばかり過ぎゆく十三夜

大甕の音なく割れて秋深む

乳匂ふ子のすり寄つてくる夜寒

秋惜しむ程よき距離にゐる先師

夜なべ終へ白のみ残る五色豆

黄落やころんと軽き夜の遺書

謝ればすむことなれど柿を剝く

開眼の句を探しゐるちちろ闇

毎日は日帰りの旅鰯雲

浄土とは無音無色の月の山

生きてゐる限り死があり虫の闇

凡庸と思ひし父に秋叙勲

夫婦時雨喜怒哀楽はみな折半

後ろから誰か押してる小六月

百歳も生きて何する達磨の忌

しあはせに定員はなし七五三

小春日や等距離にある愛と憎

笑ひ声ばかり過ぎゆく枯木山

老鶏に天寿を許し十二月

北風吹いて琵琶湖の皮膚を厚くせり

菊枯れていつしか聖女になつてゐる

山眠る

この老はわたしではない初鏡

人の死のあとさき言はず医務始め

折鶴の翔んでもみたき初句会

凍蝶や次世紀までは寝るつもり

げらげらと笑つた後は寒に耐ふ

茜濃き暮れは多弁に寒雀

梅咲くや親診て子を診て孫を診て

雛の間の子等に足音咎められ

木の椅子に体温残る水仙忌

雪崩して一本杉の孤独かな

冗談のやうな赤さで椿落つ

露けしや山を削りて海を埋む

鰡釣るや父を忌避して父に似る

稲を刈り後を継ぐとはまだ言はず

叱咤より父の記憶のなき夜なべ

死するまで白衣は脱げず紅葉寒

秋刀魚焼き父のコピーとならず生く

児に話す童話の途中冬に入る

上座空き中は犇めく神の留守

旅衣着て寒山に立ち尽くす

寒風やをとこへ投げる「意気地なし」

河豚食つて身の上話するはめに

毀れゆく母にマフラーゆるく巻き
マフラーを巻いて私を包装す

本当のことが言へずに山眠る

末つ子に生まれしたたたか根深汁

山に向き肩凝つてゐる冬木立

還俗の日々まぶしげに返り花

ポインセチア思ひつめれば炎とならん

悪役に徹する吉良に師走来し

外套や己れ憐れむ己れ居て

山枯れて近くが見えぬ遠眼鏡

発心をいくつ捨てきし牡丹鍋

年の瀬や夫婦で交はす変化球

絵に画きし餅が焦げつく夢の跡

百までも生きるつもりの煤払ひ

こざつぱりした日の妻と餅を焼く

不覚にも正論吐けり年忘れ

母よりも父が詩になる冬の虹

煮凝りのやうな男と世を嘆く

妻病みて一寒灯に縋りゐる

遊ばせる言葉を待たず日記果つ

徳利を振ればば酒来る雪の宿

冬景色わが生すでに煮くづれて

黒ショール身につけてより寡黙なる

弁解を半分言って寒くなる

天意知り冬の鼓動の遠ざかる

現し世は常に末世や山眠る

切干や馴らし馴らされ夫婦古り

枯木はや無名の仏となりて立つ

煮凝りの裏が気になる更年期

母の碑

松田弘子作品

折り紙の蛇も一役福笑ひ

すべりころび仲間と遊ぶ寒雀

指丸めのぞき見もして春の山

ふらここをこげば手を振る向ふ岸

お水送り法力こもるたき火あと

老いてなほ咲くを忘れず八重桜

世を忘れ人を忘れて花の昼

寒暖の差の大きさに花めげず

舟こいでまだ萍をつかみ得ず

玉の輿乗れば地獄の夏芝居

明けぬ夜もあるかも知れず梅雨明ける

願ひごときくもきかぬも夜這星

啄木鳥に秘めし胸中つつかるる
ちぎられてヒマラヤに住む秋の雲

柿一つ残して烏の談合す

泥水に追はれ追ひつつ蓮を掘る

冬銀河人間不信に眠り出す

枯蔦をまとひて学舎たぢろがず

行く舟

京鹿子大賞受賞作品

風鈴と風のたはむれ恋あそび

夏雲を沢山産んで知らん顔

槍投げの槍の消えたる夏の空

象の目に蟻の列見え踏まず行く

円周率知つた蜘蛛から巣を作る

触れし手の綺麗な人から萩になる

冬ざるる原書ばかりの父の書架

頼朝忌愛憎つねにせめぎ合ふ

行く舟の水尾なよなよと冬けぢめ

父の死後化石となりし冬帽子

産み月の混み合つてゐる嫁が君

年酒酌みB鉛筆のやうな父

初東風に金糸の触るる音がする

銀の出る山買ふ話懐手

臨月が近づいてゐる春の潮

白雲の風の沙汰待つ牧水忌

蒸しタオル当てて秋思の静かなる

とろとろと夕日沈まぬ落穂村

エチュードの途中で消ゆるショパンの忌

鵙の贄見詰め落暉の息づかひ

猟期来るたびに脅える山の霊

山笑ふその裏側に平家村

夫の樹へ妻の樹なびく朧川

こんな夜に花になりたき篝かな

花の夜や絹の糸欲し木綿針

地獄絵に空白はなし安居寺

散る花の最終便に母を置く

無愛想な猫預かつてゐるみどりの日

迷ひ子となり夕焼けに紛れ込む

雨の夜は蛍の集ふ螢墓

特別賞作品

素足の恋　平成六年度募集大作賞受賞

暑き夜や嘘を言ひたき舌宥め

村一つひつくり返し野分去る

すこしづつ影が無くなるまでの蛇

鉄棒をくるり回れば九月来し

先つぽが好きな蜻蛉の自閉症

日本語のところどころが日焼けして

前髪のまだあげそめし初秋なる

仮縫ひのままで咲いてる月見草

晩涼の死者との距離は遠すぎる

風鈴買ひ風との絆深くせり

青春を素足の恋でつつぱしる

泳げない魚が歩いて秋半ば

月浄土　平成七年度募集大作賞受賞

秋雷の秘剣を見たり雲に傷

納豆の粘りに喘ぐ更年期

冷ややかに男結びを解く別れ

空蟬や娑婆の出口に神と鬼

影淡き銀沙の波に月泳ぐ
月明の水動かざる甕の底

未知の地へ月乗せて行く水の帯
好きな樹になりにゆきたき月の人

水汲めばとろりと軽き月の影
寒月に遠き日の夢燃えてゐる

弥陀に伏し月の匂ひを遠くする

月光をこぼさずに行く黄泉の嬰

絶筆

踊り出す人も出て来るさくら寒む

句集　父偲ぶ　畢

あとがき

父都青が亡くなり、少し落ちついた時に、目に入ったのが京鹿子誌に掲載されたものや投句を思案し残した沢山の句でした。

ページをめくり父の俳句を探し読んでいくうちに優しく、また「くすっ」と微笑むような情景がまざまざと浮かんできました。そしてこれらの句を綺麗に残しておこうと思いました。というのもただ父の句だけを取っておこうと後先も考えず年月もバラバラに切り取ってしまいました。そんな思いでいた時に村田あを衣様から「都青さんの句集を出しませんか」とお電話を頂き、一も二もなくでした。

「この句も、この句も良い句ですね」と父と飛雪句会で御一緒でしたあを衣様の言葉に句集を出版することにして良かったと思いながら京都市内の喫茶店で、句の季語分けを二人で致しました。

「母の碑」の章の母の句ですが、母は父より少し遅れて京鹿子へ入会しました。父から「句は出来たか?」と言われながら医院の従業員のこととか家事の合間、合間に作っておりましたが、急な病で亡くなりました。

夫婦で京鹿子に投句をし、母は特に時間のあまりないのにもかかわらず、必死で作っていた姿を思い出し、父の句集に一緒に載せたいと思い立ち、あを衣様にも見て頂き、十数句を載せることになりました。

父母との思い出が詰まった句集です。

皆様の心へ響きますようにと思っております。

ご多忙の中、祝句を賜りました「京鹿子」主宰の鈴鹿呂仁先生に感謝いたします。

令和五年三月

松田未央

著者略歴

松田都青（まつだ・とせい）

本名：和男（かずお）

昭和 2 年　京都市生まれ

昭和 55 年　京鹿子入会

昭和 62 年　京鹿子新人賞受賞

昭和 63 年　京鹿子同人

平成 6 年　京鹿子募集大作賞受賞

平成 7 年　京鹿子募集大作賞受賞

平成 15 年　京鹿子大賞受賞

令和 2 年 8 月 31 日　死去

編者住所　〒611-0042 京都府宇治市小倉町神楽田 38-128

父偲ぶ《ちちしのぶ》　松田都青遺句集《まつだとせいいくしゅう》

二〇二三年四月二十二日　第一刷発行

著　者●松田都青
編　者●松田未央
発行人●西井洋子
発行所●株式会社東京四季出版
〒189-0013 東京都東村山市栄町二―二二―二八
電　話　〇四二―三九九―二一八〇
FAX　〇四二―三九九―二一八一
shikibook@tokyoshiki.co.jp
https://tokyoshiki.co.jp/

印刷・製本●株式会社シナノ
定価はカバーに表示してあります。

ISBN978-4-8129-1-1029-0